애벌레 칼은
무엇이 될까요?

글 리자 찰스워스 그림 크리스티나 코노발로바 옮김 노은정

이 애벌레의 이름은
칼이에요.

"나는 자라면 무엇이 될까?"
칼은 궁금했어요.

딱정벌레들을 만난 칼이 물었어요.
"내가 자라면 너희들처럼 될까?"

"두고 보면 알겠지!"
딱정벌레들은
슬금슬금 가 버렸어요.

귀뚜라미들을 만난
칼이 물었어요.
"내가 자라면
너희들처럼 될까?"

6

"두고 보면 알겠지!"
귀뚜라미들은
폴짝폴짝 뛰어가 버렸어요.

벌들을 만난 칼이 물었어요.
"내가 자라면 너희들처럼 될까?"

"두고 보면 알겠지!"
벌들은
붕붕붕붕
날아가 버렸어요.

"왜 다들
두고 보면 안대?"
칼은 툴툴거리다
스르르
잠이 들었어요.

쿨쿨 쿨쿨

10

새근새근
새근새근

콜콜 쿨쿨

잠이 깬 칼은 나비들을 만났어요.

"내가 자라면 너희들처럼 될까?"
칼이 물었어요.
"직접 보면 알겠지!"
나비들이 말했어요.

칼은 그새 **훌쩍** 자라 있었어요.
모습도 훨씬 예뻐졌어요.

칼은
나비가 되어 있었어요!

칼은 다른 나비들하고
어울려 팔랑팔랑
날아갔어요.

아이, 좋아라!

Essential Questions

애벌레 칼은 나비였어요. 처음에는 어떤 곤충인지 몰라서, 애벌레인 자신이 크면 어떻게 변할지 궁금해했죠. 아이와 함께 애벌레 칼이 변화하는 모습을 보며 이야기를 나누어 보세요.

Q What is Cal at first? 칼은 처음에 무엇이니?

A Cal is a caterpillar. 칼은 애벌레예요.

Q What does Cal become? 칼은 무엇이 되니?

A Cal becomes a butterfly. 칼은 나비가 되어요.

Q Do you know the other flying insects? 너는 날아다니는 다른 곤충들을 아니?

A Yes. Bees, flies and dragonflies. 네. 벌, 파리, 잠자리요.

Metamorphosis 탈바꿈

애벌레였던 칼은 탈바꿈을 거쳐 나비가 되었어요. 벌, 나비, 파리 등은 알에서 애벌레, 번데기 형태를 거쳐 어른벌레가 되지요. 번데기 과정을 통해 애벌레와 어른벌레는 형태뿐만 아니라 먹이와 살아가는 방법도 다른 곤충이 된답니다. 하지만 모든 곤충이 다 똑같은 탈바꿈을 거치는 건 아니에요. 매미, 잠자리, 메뚜기는 번데기 과정이 없이 어른벌레가 된답니다.

More & More

Story Words

caterpillar
애벌레

beetles
딱정벌레

crickets
귀뚜라미

bees
벌

butterflies
나비

Phonics Short Vowel i, o

Say the words with short vowel 'i' and 'o'.

★ Phonics 어휘 속에서 단모음 i, o의 음가를 배웁니다.

Sight Words

Say the sentence with these sight words.

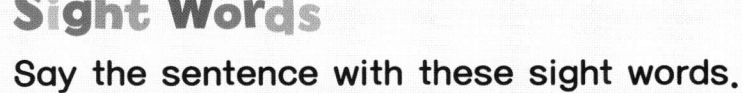

"What will I be when I grow up?"

★ Sight Words 사용 빈도수가 높아서 High Frequency Words라고도 부르며 의미보다는 기능을 주로 담당하는 어휘입니다. 통문자처럼 읽으면서 문장 속에서 자연스럽게 배웁니다.

What Will Cal Caterpillar Be?

Written by Liza Charlesworth

Illustrated by Kristina Konovalova

■ SCHOLASTIC

This is
Cat Caterpillar.

"What will I be when I grow up?" he says.

3

Cal meets some beetles.
"Will I be like you?"
he says.

"Wait and see!"
say the beetles.
Then they creep away.

Cal meets some crickets. "Will I be like you?" he says.

"Wait and see!"
say the crickets.
Then they hop away.

Cal meets some bees.
"Will I be like you?"
he says.

"Wait and see!"
say the bees.
Then they
buzz away.

Nap,
nap, nap.
Zzzzzzzz.

When Cal wakes up,
he meets some butterflies.

"Will I be like you?"
he says.
"LOOK and see!"
say the butterflies.

13

Cal is **BIG**. Cal is pretty.

Cat is a
butterfly, too!

Then Cal and
the butterflies
fly away.

Yay!